KB266165

눈물이 움직인다

눈물이 움직인다

# 눈물이 움직인다

손택수 시집

창비

제 1 부

# 미륵사지에서

고대의 사랑을 나는
목탑 양식의 석탑이라고 배웠다


그뒤부터다


폐허가 폐어처럼 폐호흡을 한다
층층나무 잎잎처럼 흔들리는 돌들과 함께

# 이별하는 돌

돌을 쥔다 차가울 줄 알았는데 온기가 있다
나의 체온이 건너간 것이다
건너간 것이 체온만은 아니어서
떠나는 거 서운치 않게, 지는 해를 따라가서
민박집에 주저앉았던 옛일도 떠오른다
입파도였나 국화도였나
찬찬히 낙조에 물든 밀물을 몰고 오는 시간
돌을 만지던 손을 코끝으로 당겨본다
희미한 물 냄새가 있다
비가 지나간 걸 기억하고 있는가
가서는 되돌아오고 되돌아오길 왼종일
보리밭을 불어가는 바람처럼
떨어지질 않는 걸음으로 저만치
가고 있는 사람이 있다
모퉁이를 돌아갈 때까지
매어준 머플러 끝이 보이지 않을 때까지
돌을 쥔다 누구의 체온인지 영
구분할 수 없게

# 운석 찾는 사람

촉석루(矗石樓)엔 돌이 많아
거기에 운석이 떨어진 거 잊지 않았지

운석을 찾아다니던 사람이 그러더군
그뒤로 발에 차이는 돌도 다시 보게 되었다고 말이야

방금 지나친 돌이 어느 별의 유복자라면
심드렁한 이 길도 하나의 눈부신 사건 아니겠어 아무렴

반복되는 이 지루한 날들이 다시는 올 수 없는
천체의 일인 줄도 모르지

우주를 고독하게 날아온 돌이
지구를 파고들며 타오르듯이

갈 수 있을까 당신에게로
마주 보면 눈을 맞추는 글썽임

촉석루에 다녀와야겠어

가는 길이 우주여행 같을 거야

# 눈곱재기창

눈곱만 해서 눈곱재기창
눈곱 떼고 보라고 눈곱재기창
종일 꼼짝도 않고 토방마루에 누워 잠을 자다가
요놈 봐라, 나비가 날면 희뜩
그 자세 그대로
눈썹만 들어 올렸다 내리는 개처럼
몸을 일으키는 수고 없이, 수선 피우지 않고
열렸다가 닫히는 창
고수한 저의 자세를 무너뜨리지 않는 창
그런 게으른 창 하나 갖고 싶어라
눈곱도 떼지 않고
늘어지게 하품을 하며 바라보면
개운한 싸리비 자국 따라 싹싹 햇살이 모이던 창
눈 내리는 한밤 댓가지 뚝뚝 꺾어지는 소리에
제풀에 놀란 개가 짖어대기라도 하면
누가 오시는가, 슬쩍 내다보곤 도로
끙, 하니 잠이 들던 창
너무 큰 통창은 말고
멀거니 헤매기나 하는 창유리 말고

비가 오시는가 눈이 오시는가
가랑잎 구르는 소리에도 몸을 뒤척이며
마냥 감겨 있는 것 같아도
들을 건 다 듣고 있는 창
뜬 듯 만 듯 깨어 있던
가난한 나의 창

# 첼로

기차가 더는 오지 않는
터널을 지날 땐 혼자서
노래를 불렀다
혀짤배기소리로
철로를 첼로로 읽던 소년
아가, 할미 어릴 적
이화중선이는
갈비뼈 하나가 없었단다
그 소리
없는 갈비뼈가 내는
소리였단다
대소쿠리 이고 지고
경전선을 떠돌던 할미처럼
녹슨 선로를
끝도 없이 걸었다

# 귀

선로에 귀를 붙이면 내 귀에도 바퀴가 달렸다 산을 넘어
왔는지, 강을 건너고 있는지 희미한 바퀴 소리 따라 내 귀도
길고 긴 터널이 되었다 기다리던 기차가 지나가면 꼬리가
사라지고 기적 소리도 더는 들리지 않을 때까지 억새처럼
멀리멀리 손을 흔들어주었으리라 그건 내가 내게 흔드는 손
짓이었다

그 자세 그대로 가슴팍에 귀를 대고 당신의 멈춰버린 심
장 박동 소리를 듣는다 그 옛날 산 너머 강 너머의 먼 바퀴
소리를 당겨 듣던 소년처럼

# 담양 참빗

수평을 잡지 않은 바닥이 울퉁불퉁
춤을 추게 하는 정지에서
김이 오르고 찰박찰박 물소리가 났다
할머니는 어딜 가고 긴 머리 인어가
영산포 등대 너머 파도 소리를 냈다
겨울밤 면경을 펼쳐놓고
쪽머리 풀어 헤쳐 머리를 빗을 때면
이화중선의 추월만정을 흥얼흥얼
그 길고 긴 빗질을 따라가다보면
영산강 물줄기 끝 바다처럼 깊은 잠이
밀려오기도 하는 것이었는데
부레풀로 붙인 대나무 빗살 올올이
헝클어진 물결을 가지런히 재우는
경전선 너머 너머
소쿠리 행상 다니던 어느 바닷가인가
이름도 집도 잊어버린 요양원 창문 앞
참빗을 하프처럼 품고
비늘도 살도 다 발라 먹인
물고기 뼈가 되어서

# 밥풀로 붙인 편지

아침이면 눈곱이
풀칠을 한다

눈이 따악 붙어
떨어지질 않는다

물수건으로 적셔주지 않으면
살갗이 마른 벽지처럼 찢어질 것 같다

내가 말라붙은 밥풀떼기지 뭐,
침상에 종일 붙어 있던 노인

사지를 움직일 수 없으니
눈물이 움직인다

말라붙은 풀을
다시 쑤고 있다

# 바닷가에 두고 온 아이

피서지에 가면 자꾸 눈이 가는 곳
데리고 온 아이도 없는데 미아 방송이라도 들리면
나도 몰래 돌아보는 곳, 서울에서 왔다고 했니
엄마가 그날 한달은 쓸 용돈을 주셨다고 했지
사달라는 걸 다 사주는 게 무서워서
배앓이를 할 때도 칭얼거리지 않았다고 했지
뭔가를 예감한 듯 공포에 질린 내 눈을 위로해주던 눈
살갗에 소름처럼 돋은 물방울이 마르고
묻어 있던 모래알이 말라 바닥으로 떨어져 나갈 때까지
아무도 찾아오지 않던 여름 파출소
저물녘에야 달려온 어머니 손을 잡고 나올 때
안도와 죄책감이 뒤섞인 얼굴로 고개를 숙인 내게
힘없이 손을 흔들어주던 아이
그 아이가 왜 내가 잃어버린 아이만 같을까
누구나 한번은 고아일 때가 있지
고아끼리 손을 잡고 견뎌야 하는 시간이 오지
해변 파출소 앞을 지날 때면 나도 몰래 머뭇거린다
내가 잠시 고아였을 때, 꼭 잡고 있다 놓아버린 손
어쩌면 내가 그 어미가 되어서

# 태양의 아이

담벼락이 짖어댔다 사납게
시멘트를 잇몸으로
깨진 술병이 송곳니를
드러내었다
다 죽여버릴 거야
허구한 날 만취한 골목
제 울음소리에 떠는
비루먹은 담벼락
깨진 이빨들을 뽑아
먹지를 태우며 놀던 아이들
그 기억으로, 몰입 중이다
한낱 사금파리에 지나지 않는 걸
꼼짝도 않고 지긋이
차디찬 사금파리의 빛이
황홀하게 죽어
막 태어나는
태양의 빛으로
활활거리도록

# 의자

아파트 현관문을 열면 제일 먼저 반긴다
밥 벌러 간 어른들 기다리는 동안
땅바닥이 아니라 의자에 의젓하게 앉아 기다리라고
선친이 손수 만든 유아용 목제 의자
앉으면 주저앉을 것 같은 의자엔 아직
젊은 못질이 남아 있다
어머니는 경부고속도로 공사장을 떠돌던
선친의 젊은 날을 이야기한다
공사장 남은 목재로 의자를 만들던 날
공구함을 들고 있던 어린 외삼촌과
외할머니가 내어 온 설탕물 그릇을 기억한다
부식된 못이 염려스럽고
삭은 나무들에 마음이 아려오는 건
사물에 영혼을 입히는 당신들 때문이겠지
의자는 이제 의자만은 아니라서
삐걱, 소리도 무슨 긴한 신호인가만 싶다
한평생 이해하지 못했던 그가 되어
더는 앉을 수 없는 의자에게로 돌아간다
허전한 무릎 위에 꽃도 얹고 우편물도 얹어놓는

그 어느 때보다 더 의자 같은 나의
다섯살 꼬마 의자

# 보물쪽지

말을 접는다 잘 접으면 종이에
심장이 있을 수 있다


숲과 바위와 나무 틈 사이에,
세계가 갑자기 비밀스러워지는 곳이라면 어디든


그 어디서 소풍 나온 고라니를 보았지
눈이 딱 마주쳐 꼼짝도 못하고
눈망울 블랙홀 속으로 하염없이 빨려 들어갔지


해는 지고 오싹, 저 아이를 봐 길을 잃었나봐
아니야 우릴 찾아온 거야
날리는 갯버들 펄펄 눈 내리던 봄 숲


그때 숲길이 접어놓은 쪽지였는지 몰라
쪽지를 품은 바위와 나무와 풀숲을
찾아다녀야 할 운명을 품게 된 것인지도 몰라


감추지 않아도 감춰져 있는 보물

쪽지를 편다

# 구두에 창을 내다

구두에 호 입김을 불어서 체액을 골고루 펴 바르고
유리창처럼 닦아주면 구두는 정말 유리가 되었다

요령이 있다면 그저 내 얼굴이 보일 때까지 문질러주는 것,
낡은 구두들일망정 지붕으로 유리창을 단 집처럼
코끝을 뾰족지붕으로, 돔 지붕으로
구름도 별도 구두 위로 흘러가게 하는 것

칠흑 속에서 빛을 캐내는 광부라도 되고 싶었는지 몰라
토끼굴이나 여우굴이라도 파고들듯 구두에 손을 집어넣고
굴뚝새처럼 노래를 부르기도 하였다
굴뚝 청소부처럼 양 볼에 깜장이 묻어 있던 소년

낡은 구두를 보면 손이 근질거린다 지금도
지문에 묻은 약을 펴 발라주고 싶어진다

와장창 깨어지는 소리를 내며 돌아온 구두들
지붕에 새로 창을 내듯이

# 모래성

저만치 물러났던 파도가 몰려온다

성만 남겨놓고 달아난 아이들이 좋아라 박수를 친다
환한 물거품이다

허물어지는 성벽 위로 까르르 물꽃이 피어난다

부서지는 물거품 위에서 물새들처럼 종종거리는
누구도 파도를 원망치 않는다

무너지는 성을 슬퍼하기 시작하면서부터
아이들은 해변을 떠나가리라
고독한 성주가 되리라

그런 어느 날 늙은 성주는 듣는다
벽마다 금이 가는 소리, 금 속을 파고드는 바람 소리

아이들이 모래성을 쌓고 있다

그 옛날 해변의 파도를 기억하는 모래들이 소름처럼 돋
아나
불면으로 하얗게 뒤척인다

# 모래별

귓속에서 모래 우는 소리가 납니다
낙산(駱山)이라 제 몸이 명사산이 되었나 봅니다
자신만 한 서역이 있을까요
너무 멀다고, 곁에 있어도 한 몸이 될 수 없다고
모래와 모래가 등을 비빌 때마다
행성과 행성 사이로 흐르는 빛들이 서걱거립니다
포옹을 할수록 타는 것은 모래의 혀입니다
당기면서 밀어내는, 붙었다
떨어질 때마다 반짝이는 모서리
이 적막한 점점을 별자리로 삼을 수 있을까요
틈을 메꿀 때조차 틈을 낳는 게 모래라서
이 꽉 찬 틈들이 도시의 불빛들을 잠시도
잠들지 못하게 하나봅니다
머물러 있을 때조차 이미 반쯤은 이별의 자세
늘 떠나고 있지만 또한 그 자리 그대로입니다
어느 바위에서 떨어져 나왔는지
어느 해변을 찾아가고 있는지
온 지구를 돌아다니다 내 곁으로 온 여행자
모래바람이 귓속을 불어갑니다

# 만어사에서

습작 시절에 이런 글을 썼다
어름치는 산란을 위해 물속에 돌탑을 쌓는데
삼랑진 낙동강이 내려다보이는 만어사
너덜겅의 바위들이 꼭 그와 같다고
동해 용왕의 아들이 무리를 이끌고 와
불법 듣다 그대로 굳어졌다는 설화 속
일만마리 바위들이 어름치만 같다고

나는 이렇게 마무리하였으리라
아기 없는 아들네 집에 손주 하나 점지해달라고
쌀을 이고 바랑에 참기름병을 품고
끊어진 물길을 거슬러 오르는 노인
탑돌이 끝에 고목 속에 작은 돌탑 하나 쌓는
그 노인도 어름치가 되었다고
돌어름치가 되었다고

차마 어디에도 싣지 못한 그 글이 내
운명이었음을, 이제 안다

# 수국

꽃이 아니라는 걸 알면서도 묵묵히
피어나는 수국은
내 헛된 비유들에 대한 위로 같은 것,
꽃을 시늉하는
궁리에 궁리 끝의 작위여
작위의 찬란이여
헛것이라면 참으로
헛꽃이라면
헛헛한 속을 달래는 헛제삿밥의
고봉 같은 것이 있어
수국은 피어난다
나의 삶도 가설
나의 말도 헛것만 같을 때
지는 것이 꽃이라고,
아닌
꽃으로서

# 저녁을 짓다

짓는 것 중에 으뜸은 저녁이지
짓는 것으로야 집도 있고 문장도 있고 곡도 있겠지만
지으면 곧 사라지는 것이 저녁 아니겠나
사라질 것을 짓는 일이야말로 일생을 걸어볼 만한 사업
이지
소멸을 짓는 일은 적어도 하늘의 일에 속하는 거니까
사람으로선 어찌할 수 없는 운명을
매일같이 연습해본다는 거니까
멸하는 것 가운데 뜨신 공깃밥을 안고 누군가를 기다리는
이 지상의 습관처럼 지극한 것도 없지
공깃밥이라는 말 좋지
무한을 식량으로
온 세상에 그득한 공기로 짓는 밥
저녁 짓는 일로 나는 내 작업을 마무리하고 싶네
짓는 걸 허물고 허물면서 짓는
저녁의 이름으로

# 후렴부만 기억나는 저녁

한꺼번에 내려앉는 새들로
대숲이 휘청,
휘청인다
되새떼 소리
되풀이
되풀이
평생을 따라다니는 저 소리
후렴이다 다 잊어도
잊을 수 없는 소절이다
거두절미하고
까부르는 숲 위로
그물망처럼 죄었다 풀며,
죄었다 풀며
내려앉는 새떼
키질하는 되새떼
시장기를 기다려본다
오래전 그 저녁이
남아 있나 보려고

제 2 부

# 빵과 노동과 신

빵하고 나하고 비슷한 건 누구나 뜯어 먹을 수 있다는 거지
먹다 버려도 된다는 거지

그게 슬픔이고 아픔이지만
그런데 알아
그게 우리의 가능성이라는 거

빵이 나에게 오고 내가 빵에게 갈 때
들판에 내리는 비와 빛과 심지어는 메뚜기떼와도
우린 이어져 있으니까

슬픔도 아픔도 들판의 황금 밀밭을 불어가는
숨결들과 함께 살아갈 수 있으니까

그들이야말로 스토리텔러가 아닐까

이것은 내 몸이다
이것은 내 피다

그게 어떻게 가능하냐구
빵 중에도 가장 신령한 빵을
더운 빵처럼 뜯어 먹으면서

# 한강

변경이 있어 강이다
강변이다


변경을 강은 포기하지 않는다
서울에 들어와서도
강변을 아파트들에 다 내어준 뒤에도


일자 목을 한 강변북로 뻣뻣한 목을 휘어 좌로,
우로, 옆으로 나란히로, 강변을 서성이게 한다
모두가 수도가 되고 수도권이 되고 복판이 될 때조차
수련잎처럼 갈라 터진 옆트임으로
으악새 슬피 우는 물억새 군락과
모래톱 품고 구불텅 은근짜로 휘어지는
곡선을 그리워하게 한다


흐른다는 건 갈 길 바쁜 전후를 모르고도 제 갈 길 간다는
거 아닌가
　물 빠진 개펄에 내려가서 어탁처럼 찍어놓고 오던 발자국
은 어디로 갔나

물속을 들락날락 수초잎을 수달의 수염처럼 쫑긋거리던
모랫벌이여


가상이를 잃어버리고 너도나도 복판
콘크리트 제방 속에 끼어 밀물도
썰물도 잃어버렸으나


가을이면 나란히 나란히 옆으로 나란히로
수련잎처럼 갈라 터진 옆트임으로
자전거도로까지 올라와 폭발하는
게들이 있다


등딱지 터지는 소리로 잠을 뒤척이는 한밤
강을 잃어버린 강이 흐른다

# 유리벽을 향해 날아가다

띄엄하게, 절도 있게, 동작을 최소화한 채로,
격렬한 침묵의 한복판,
고요에서 일순 천둥 번개가 쳤다
변화구나 커브가 아니라 직구로,
구름을, 나무를, 강물을
맞춤으로, 눈맞춤 입맞춤 같은 맞춤 열쇠로써
열어젖히듯이, 저마다의 구조를 흔들어 틈을 벌리듯이
날아든 새의 뺨이 물풍선처럼 터지고 있었다
생태적으로 지었다는 친환경 명품 건물
모든 걸 반영하면서 거부할 수 있도록
칸칸이 단절하는 방식으로 열려 있도록
유려한 화소들로 점멸하는 유리벽, 돈키호테의 후예인가
돌진하던 새의 향방을 좇으며 커피를 들고 가다
아이쿠, 마빡에 번쩍 불똥이 터진 나는
정신없는 새대가리로서, 어디서 나타났는지,
모니터라도 닦듯, 쏟은 커피를 혈흔처럼 지우다,
사라지는 청소 노동자 앞에서,
용의주도하게 지워지는 유리벽 앞에서
튀어나온 혹을 깨진 알처럼 문지르며

# 노인벼

일제강점기 우리나라 토종벼는 조사로만 1451종
마을마다 농부마다 저마다의 벼가 있었던 거지
그 쌀로 빚은 막걸리 맛은 얼마나 다채로웠을지,
그때 조사한 전국 팔도
12만개의 주막이 그리워지네
맛보지 못한 밀주 맛이
내 혈액 어디에 흐르고 있을 것 같아서
토종벼 이름을 외워보네
쥐입파리벼와 멧돼지찰과 흑저도와
강릉나와 괴산찰과 각씨나와 비단찰과 붉은차나락과 흑
갱과
대추벼와 버들벼와 흰베와 적토미와 한양조와 수원조와
노인벼
(노인벼라니, 익을수록 고개를 숙이는 게 아니라
애초부터 고개를 숙이고 있는 벼)
아, 다 헤아릴 수도 없는 이름들이여
기껏 쌀과 찹쌀 보리쌀밖에 모르는 내게
1451종의 밥맛과 12만가지 술맛으로 살아나는
그 무궁무진한 장소의 혼들

# 리듬의 역사

동대구역 광장 감시 카메라의 삼엄한 불침번 속에
그가 돌아왔다 비상계엄이 돌아오고
태엽 인형처럼 눈을 비비고 일어나
새벽종이 울렸네 새 아침이 밝았네
노래를 따라 하던 아이도 돌아왔다
하굣길엔 동요 대신 병영의 노래들을 불렀지
어김없이 애국가와 함께 오던 저녁은
길을 가도 가도 동작 그만
얼음땡 놀이라도 하듯 얼음왕국 주술이 풀리길 기다렸지
새 나라의 어린이는 일찍 자고 일찍 일어납니다
이불 너머로 훔쳐보던 명화극장과 뉴스와 밤의 쇼들
매혹은 금기 속에서 더 생생해진다는 걸 일찌감치 알게
해준
그가 돌아왔다 비상계엄이 돌아오고
동지 밤에 사발통문이 폭발하는구나
응원봉이 반짝이고
장갑차와 헬기와 탱크 대신 논밭 갈아엎던
트랙터들이 남태령을 넘어오고
우금치에 묶인 전봉준 농민군에 합류하자

오타쿠 축제에 간 여성들과 노숙자와 하청 노동자와
아무사람아무협회 국적 성별이 묘연한 당신들까지
부르는 노래는 이제 낭만 고양이* 그리고 다시 만난 세
계**
낭만 고양이와 다시 만난 세계를 만난 농민가
불로장생의 꿈이라고 해야 할지
진시황 병마용갱의 병사들이 깨어나기라도 한 것인지
동대구역에서 한남동 대통령 관저까지
진을 친 차벽 너머로


* 체리필터의 노래.
** 소녀시대의 노래.

# 베트남 난민 수용소의 추억

학교 가는 길에 베트남 난민 수용소가 있었다
부산항 밀물에 장맛비가 겹친 날
철조망 옆에 못이 생겼다
무너진 철조망 사이로 터져 나온 아이들이
흙탕물에 판자를 얹어 뗏목을 젓고 놀았다
공드럼과 다라이를 타고 노는 녀석들 따라
통통통통 통통배 놀이를 하다 헤어진 날
어린 맘에도 뭔가 평화로운 일이 잠시
생겨난 것 같았다
그뒤론 철조망 사이로 연필과 지우개를 주고받고
크리스마스 앞엔 교회에서 받은 사탕을 건네주기도 하
였지
우리나라 아이들에게 이 이야기를 꼭 들려주고 싶다
나 어릴 때 망한 나라의 친구들이 있었는데
아무도 그 아이들이 탄 배를 받아주지 않았거든
왜 시체가 떠내려오면 관할 구역 밖으로 밀어낸다는 말
있잖아
그런데 우리가 받아준 거야
그때 난 우리나라에 태어난 게 참 자랑스러웠지

월남에서 돌아온 김상사 노래를 따라 부르던 아이
어른들의 전쟁을 알고 난 뒤론 고개를 들 수 없었지만
말이 통하지 않아도 친구가 될 수 있었다고
그애들 떠나던 날 부산항 뱃고동 소리가 꼭
내 울음만 같았다고

# 주제가 있는 숲

이 숲엔 주제가 있다
장미정원 미로정원 야생화정원

장미는 미로에서도 가끔씩 피어나곤 한다
장미정원에 냉이와 제비꽃과 구절초가
비집고 들기도 한다
설계 도면에 그린
엄격한 구역들은 사실
그릴 수 없는 기호들과
함께 있다

소나무 숲에 층층나무나 물푸레나무를 심은 건
산불을 겪고 난 뒤 숲이 스스로 한 일이다
잿더미 위로 올라온 고사리와
불내를 좋아하는 풍뎅이들,
그리고 그들을 찾아온
새들의 설계다

숲 설계사의 일이란 그러니까

도면 너머의 도면들을 향해 열려 있는 것

나비와 개미 들은 잘 알고 있는 일이다

# 선납숲의 고양이 눈을 빌려

나는 공원의 터줏대감인 저 고양이가 지난여름 태풍에 자빠지다 만 나무를 타고 올라가 몇번의 공중제비로 새들을 경악케 한 일을 알고 있다 나무를 독차지하고 있던 새들을 혼찌검 내듯 질주할 땐 관객으로 참여한 청설모도 다람쥐도 아연 식겁했을 것이다 주변을 평정한 그가 사뿐거릴 때 자신을 지휘하던 꼬리의 음악은 얼마나 우아했던가 숲에 관한 한 모든 걸 파악해두어야 직성이 풀린다는 듯 고양이는 숲을 열람하는 데 자신의 에너지를 다 쏟아내는 듯하다 이 작은 공원에 무슨 일신우일신이 있을까만 숲은 독파를 하고 난 뒤면 늘 새로 쓰이는 책이다 오늘은 어디에서 철을 잊은 진달래가 피는지, 쥐똥 열매 같은 눈알 반짝이며 새들이 콩알만 한 심장을 팔딱거리고 있는지, 그는 정주와 유목이 전혀 다른 것이 아님을 보여준다 어디에 있거나 딱 들어맞는 자세로 발톱 소제를 하고 수염을 고르고 몸을 닦길 게을리하지 않는 그야말로 이 숲의 저자가 아닐까 그러나 중성화 수술을 받은 고양이의 열정은 비감한 데가 있다 이 비감이 그와 나의 접점인지도 모른다 그렇다면 이쯤에서 그만 물러서기로 하자 그가 내 눈치를 살피며 계면쩍어하는 걸 보는 건 자존심 강한 그를 위해서도, 모처럼 생기가 감도는 이 숲

을 위해서도 마냥 반갑지만은 않은 일일 것이다 숲과 고양
이와 나의 더는 좁혀지지 않는 거리를 지키면서 잠시의 몰
입만으로도 어떤 놀라운 사건에 참여한 것만 같은 숲

# 풀과 구름과 나의 촌수를 헤아리다

성묘 가서 풀을 베었다
풀을 베며 생각했다
이 풀과 나는
몇 촌쯤이나 될까
살 벗고 뼈까지 다 삭아서
흙 알갱이가 된 혈족
족보를 더듬다보니
풀을 벤 자리마다 후욱
아찔한 향기가 돋아났다
살갗에 묻은 향기가
살갗을 뚫고 머리끝을 쭈뼛
서게 하는 것 같았다
풀물이 든 면바지 차림으로
선산을 내려오며 생각했다
산 위에 걸린 구름
저 구름과 나 사이에도 머언
촌수가 있을 것 같다고
구만리장천을 돌고 돌아
물방울 하나와

먼지 하나가 엉켜드는
족보책 속에서

# 등나무 꼬투리 속의 폭풍

한밤에 총소리가 딱! 베란다 창문을 때린다
연발로 날아드는 총알,
마지막 격발을 마친 채 뒤틀려 있는
탄피
책상 위에 올려놓은
등나무 꼬투리다
저 꼬투리 속에 폭풍이 있었구나
총구 속 나선처럼 씨앗을 회전시키는
회오리바람이 지금 나를 스쳐 간 것이로구나
검색창에 독나방 노란 애벌레들이라고 뜬다
등나무 꼬투리가 스스로 저를 까뒤집을 때까지
애벌레는 독을 화약으로 쟁여놓았던 것
덕분에 씨앗도 제 살길 찾아 멀리
날아갈 수 있는 것
딱!
하나로 격발된 씨앗과 애벌레가 명중시킨
창문을 열어젖힌다
놀란 창도 뒤틀린 꼬투리 속인 양

# 설해목

고(故) 김종곤

겨울 초입 습설에 꺾인 건

바늘잎마다 눈을 달고 있던 소나무들이다

소나무들 옆의 활엽은 멀쩡하다

설해목 중에도

가지치기를 한 나무들은

피해가 덜한 편,

얼부푼 수도관이 터지듯

하얗게 속살을 드러낸 나무들

톱날이 지나간 자리마다

맺힌 방울방울

이슬인가 서리인가

겨울 한복판에 영롱한 점점은

상처를 감싸는 송진

흐르다 뭉친 알알이다

친구의 부고를 받은 아침

하던 일 놓고 숲에 든다

생생하여라 죽음보다 강한 것

꺾인 생목 가지 향이

눈을 뚫고 올라온다

# 무덤가에 눈사람을 세워놓고

먼저 깬 발자국 두줄이 나란히 뒷산으로 이어져 있다

무덤가에 비석 대신
세워놓은 눈사람

볕에 울어
푸석푸석 부은
눈사람

죽은 아비 옆에서
보름을 살았다는 아이를
여기서 보네

혼자 남는 것이 죽음보다 더 두려웠으리라

숯검정이 코와 눈
땅에 떨어진 걸 다시 붙여준다

발자국에 내 발자국 포개고 온 숲길

그쳤던 눈이 이어 내린다

내 일생을 다해
걸어가자 했던
눈길

# 공생염전

고무래를 대패라고 불렀다
파도가 대패삼겹살처럼 말린다는 뜻이다


살이 익어 수피처럼 허물이 일어난다
일을 하면 할수록 폐염전이 되어 덜컹거리는 공생
창고 벽에 박힌 못처럼 구부러지고 녹슨 근육들


파도가 백사장에 그러는 것처럼
조개껍질 위에 그러는 것처럼
밀었다 당기는 무념무상의 근육들


바람과 파도와 달의 일을 반복하는 중이다
시름도 한숨도 구름의 길을 따라가는 중이다
내가 드디어 지구의 숨결을 따라 출렁이는가


칠면초 뿌리처럼 파고든 창고 아래
삼겹 오겹으로 지글거리는 수면이다
못도 파고들지 못할, 못이 박인 손으로
대팻밥을 먹는다

# 소금의 결정

입자의 굵기도 크기도 맛도 매일같이 달라집니다
햇빛이나 바람이나 염부의 관계가 늘
일정한 건 아니니까요
그래서 소금이 온다고 하는 거죠

공생염전에서 들었다
막 생성 중인 것
증발하는 물의 기억과 함께
돋아나는 것

결정으로 굳어진 뒤에도
이미 온 것조차, 가버린 것조차,
다시는 오지 않을 것조차

지금이다 소금은, 지금이 되었을 때조차
막 당도하는 지금이 결정적인 것이다

고향 없이 떠도는 사람들
공생의 윤리다

# 입파도에서

섬에서는 시가 되질 않는다
바다가 이미 시가 되어 있기 때문이다
여기에 무엇을 더한다는 것이
부질없는 짓, 그렇긴 하다만
섬을 어떻게 번역해볼까를 놓고
나는 끙끙거리는 중이다
되질 않는다 바다 빛도 수평선에 내리는 노을도
후박나무 잎을 스치는 바람도
그 무엇도 도무지 되질 않는 것들의 목록만
몽돌 사이로 빠져나가는 파도처럼 물거품을 일으킨다
아름다움이 고통이라는 걸 알면서도 섬에서는
떨어지지 않는 입술로 바다 앞에 선다
바다의 입술을 술처럼 마신다
적어도 여기선 케케묵은 내가
중심을 잃고 파도 따라 출렁이기라도 하지
모래성을 쌓고 환하게 무너져 내리기라도 하지
섬에 가는 건 잃어버린 불가능 앞에
불가능의 벼랑 앞에 나를 세워두는 일
수평선에 걸린 해가 목젖처럼 떤다

아아아 모음으로 크게 벌어진
해식동굴을 빠져나가는 바람 소리,
나는 새삼 바닷가 바위의 말을 떠듬거려본다

제 3 부

# 심심하다는 말

심심하다는 말, 외롭다는 뜻이었군
외로움을 호소하진 못하고
심심해서 죽겠네
그런 거였군
심심해서 죽겠는 걸
사람으로 놀이로 달래다가
그도 여의칠 않아
정말 심심해지니까
심심치가 않네
오늘은 뻐꾸기가 우는데
내 맘이 산도 되고 들도 되고
쾌청한가 하면 울적도 하여
저마다의 울림이 있네
평생 모르고 살 뻔한 뻐꾸기
울음에도 박자를 실어
뻐꾹채 꽃빛처럼 번져오는
심심하다는 말
깊고 깊어

# 눈물 폭포

폭포까지 맨발로 걸어가서
한참을 앉아 있네
양갈래로 쏟아지는 폭포
이름이 없어 그냥
눈물 폭포라 지어줬어
바위산을 중심으로
양갈래로 흘러내린 물줄기가 정말
바위가 울고 있는 것처럼 보이더라니까
나 대신 울어주고 있는 것처럼 보이더라니까
나무들이 터널을 이룬 끝
인공 폭포라는데, 왜 인공 눈물도 있잖아
우는 게 그렇게 편하더라
이담에 같이 오자
강천사 길
나 안 보이면
여기 와 있는 줄 알고,
여기 없음 그냥
눈물 폭포 소리나 듣고

# 물향기수목원

한번 간 뒤론 갈 수 없는 곳 있지
저물녘 손잡고 갔던 수목원
기억나? 난로처럼 눈을 녹이고 있던 복수초
손을 쬐며 신기해하던 자리
해마다 새해가 되면 후끈거리던 그 자리
남양성모성지에서도 봤지
제주 휴애리 돌담 아래서도 봤지
마음 준 곳 어디라 비경 아닐까만
나무들이 깍지를 끼고 있던
그 저물녘은 다시 올 수 없어서
한번 간 뒤론 가지 않는 곳 있지
사랑은 반복할 수 없으니까
반복할 수 없는 걸 알면서도 반복하고 싶어지니까
오산천 치동천을 혼자서 따라 걷던 날들
내 걸음 소리 외엔 사위가 고요하고
저녁 풀벌레 소리만 들리는데
어느 날은 가고 있는 내가 서서히 지워지더니
물 향기 속으로 스며들 것만 같던
가고 또 가도 처음인 거기

기억나? 산수국 옆에서
없는 향을 색으로 찾던 거기

# 신파처럼, 한번쯤은

무슨 각별한 사연도 간절함도 없지만
가령, 이렇게 볕 좋은 날 빨랫줄에 빨래를 내다 걸다가
소매 끝에서 떨어지는 물방울처럼 뚝뚝
떨어지는 새소리에 문득 봄 하늘을 올려다보는 거지
그때 내가 그를 스쳐 지나가는 거라
옥상의 빨래를 흔들고 가는 바람처럼
이마에 붙은 머리카락을 쓸어주고 가는 거라
그 또한 간절하지도 않고, 무슨 각별한 이유 같은 것은 없
지만
주름이 덩굴을 친 얼굴과 술에 검게 그을린 살빛 속에서도
눈빛 하나로 나를 알아보는 누가,
거리에서, 어느 주점에서, 멍하게 귀가하는 지하철 정거
장에서
흐린 눈빛 속에 지워진 나를 단박에 알아맞히는 그 누가,
내가 잃어버린 나를 잊지 않고 있는 거지
그저 살아 있어줘서 고맙다고, 반가움에 어쩔 줄 모르고
미처
자신의 이름도 얼굴도 몰라주는 나를 서운해할 틈도 없이
살다보면 한번쯤은 신파처럼

신파는 신파여도 자꾸 울컥해오는 무슨 상봉 장면처럼
그가 누구인지는 알 수 없지만 가령,
이렇게 볕 좋은 봄날

# 자정 가까이 폭설

밤에 눈이 온다고 해서 기다리는 중이다
커피를 갈고 방의 체취를 바꾼 뒤
어지럽던 서가의 책들을 정리한다
일기예보대로라면 자정 가까이 폭설이 내릴 거다
티켓을 끊고 영화 관람 시간이라도 기다리듯
함께 관람할 사람이 없는 게 아쉽긴 하지만
해저 같은 고요 속으로
하얗게 지워진 것들의 목록을 작성해볼까
오래전 눈 속을 걸어 고향 마을을 찾아가던
아이를 떠올려도 보고, 첫눈이 폭설이었던 여자
밤새워 통화를 하던 골목길과
동전이 떨어질 때마다 쪼그라들던 주머니
속 시린 주먹에 관해 나는 이제 긴긴 편지를 쓰리라
스크린만 남은 풍경처럼 눈 내리는 화면 속으로
그녀도 나도 지워지고
책상 위에서 졸고 있던 나의 아기 고양이가
눈을 깜작거리는 창밖
밤눈은 이야기도 주인공도 없이 스스로가
열연 중인 심야 영화 같은 것인가보다

지우는 일로 영화가 되었나보다
나의 기다림도 어느새 날리는 눈이 되어
아무것도 없는 풍경을 미리 살아보자는 듯
엔딩 자막처럼 끝도 없이 눈이 내리고

# 겨울밤에 바람이

아파트 동 입구 센서등이
저 혼자 점멸한다
누가 이 밤
잠 못 드는 모양이다
귀가를 못하고
서성이고 있는 모양이다
유령인가 낙엽을 몰고 와서
검불을 몰고 와서
흐느끼는
현관 앞
바람 소리
아무도 없는데
아무도 없는데
저 혼자
자동으로
점멸하는
겨울밤

# 오래 미워한 자를 위한 문상

누굴 미워하면 몸부터 아파오는 나이,
몹쓸 사람이라 외면한 이의 모친상에 갔다가
슬픔에 말갛게 씻긴 얼굴 앞에서
죄스러운 마음이 들었네
유언도 남은 자들에게 속박이 될 것 같아
아무 말도 남기지 않으셨다고,
일생 동안 베를 짜며 사신
모친의 이야기를 들려줄 때
이별을 한 자의 얼굴에 머무는
선한 기운이랄까
젖은 눈 그늘이 나를 적시고 있었네
죽음 앞에선 그저 고마운 일과
미안한 일뿐,
잃지 않곤 알 수 없는 것
슬픔의 깊이 속에서
솟고 솟아 정한 물방울
상가를 나오며
그 물방울을 잊지
말자 하였지

# 흰옷의 느낌

흰옷이라고 다 순백은 아니다
그사이 얼룩이 졌다 나도
얼룩을 빼는 세탁술이 더는 통하지 않는다
지우개로 문지르고 문질러
종이 결이 일어나듯 나달거리는 섬유
거기엔 덜렁거리는 거동을 얌전케 하던 중국집과
옷깃에 묻은 누런 때에 언짢던 출근길이 있다
비위가 좋은 유채색 계통들만 즐겨 입다가
이게 무슨 냄새야 코를 쥐고 대놓고 눈을 흘기는 사람들
승강기 안의 화끈거리던 무안도 숨어 있다
흰옷이라서 이런 고백이라도 하는 거지
더는 지울 수 없는 이 흔적들이야말로
풍화의 기억들 아닐 것인가
벽을 타고 흘러내린 빗물 자국처럼
내가 그들의 노트인지도 몰라
지금은 없는 무엇을 이렇게 간직하고 있는 건지도 몰라
거무튀튀 주름과 잡티로 꺼칠해져가는 얼굴이긴 해도
흰옷을 입는다 명색이 흰옷이라
그런 날은 옷감도 감각이라는 걸 갖게 된다

# 결혼기념일

뿔이 날 때가 있다 내겐 싹인데
어둠 속에 있다 볕을 쬐면
독기가 푸르스름 거죽을 물들인다
마음 수련도 공부도 통하지 않는다
그런 날 달래듯이, 이해한다는 듯이
감자 박스에 사과 한알을
품고 산다
잘 아시겠지만
사과에게도 무서운 독은 있다
씨앗을 삼키면 복통이 온다
그 곁에선 감자도
시퍼렇게 치밀고 올라오는
뿔을 견딘다

어울리지 않지만
감자 박스에 든 사과

# 고래의 도시

북한산 향로봉 길에 만난 흰 바위 하나 백경이라 이름해
둔 뒤부터다
지축에서 구파발을 지날 때면 지하철 창밖으로 절로 눈이
간다
어미 고래는 등에 새끼를 업고
수면 가까이 떠올라 숨을 쉬게 한다지
죽은 새끼를 등에 업고
숨이라도 쉬어보라 떠미는 어미 고래를
뉴스에서 본 뒤로 가슴 통증이 왔다
주말마다 산등성이가 떠밀어주는 힘으로 겨우 숨을 쉬던
시절
차를 장만했으니 어디서든 낚시를 해보자
트렁크에 싣고 다니던 낚싯대
미늘에 내가 꿰여 퍼덕이던 날들도 가고
꼭지를 비틀면 쏴 수돗물 소리를 파도 소리로 바꿔주던
화장실 수도꼭지 위의 고래 문양에 울컥이던 날들도 가고
도심 한복판에서 고래를 만났으니
짜디짠 그 세월도 영 헛되지만은 않았다 할 것인가
가끔은 커다란 머리를 들어 올리는 흰 바위가

초록 물결 너머로 자신을 쏘아 올리는 상에 아득해지기도
하였다
해마다 봄이 오면 해발을 쑥 뽑아 올리며 솟아오르는 가
지들,
골목골목 신록이 번져라
들어 올린 그 육중한 몸을 철썩 내려치기라도 하듯
길을 가다가도 사람들을 만나다가도 혼자서
올려다보던 구름 속 흰고래

# 빵 나오는 시간




삼십분의 오차로 이 거리는 그냥 거리가 아니지
빵집 문이 열렸다 닫힐 때마다 거리의 공기도 빛도 노릇
노릇
빵틀 위로 부풀어 오른 반죽처럼 나뒹구는 전단지도 낙엽
도 바삭바삭
낙엽은 우수수 떨어지길 멈추고 버스는 부르릉 달려가길
멈추고
언제나 자동 점멸하는 신호등의 자동과 반복이
고소한 박자에 맞춰 깜박거리지


눈 오는 소리처럼 갓 나온 빵이 내는 소리를 나는 얼마나
좋아하였던가
그건 가마에서 나온 도자기들이 내는 소리와도 같았지
온탕에서 냉탕으로 건너오면 찌릿하던 혈관의 느낌
여느 거리와 다를 바 없는 거리, 여느 시간과 다를 바 없는
시간도

혈관을 따라 전류처럼 번져가는 감각에 새뜻해지곤 했지

개업과 폐업은 이 거리의 일상이 되었으나
기다린다 빵 나오는 시간을,
시간도 반죽이 되어 빵틀 속에서 부풀어 오르는 거리를

안내판만 내어놓고 몇주째 문이 닫혀 있는 빵집
가끔씩 소보로빵을 덤으로 끼워주던 그 사내를

# 오래된 골목 끝 화분 앞에 쪼그려 앉아

그 골목에 들어서면 발목이 여울목이 된다 발꿈치에서 발
목으로 휘어지는 곡선을 굳은 허리와 어깨에 실어주면 대로
변의 걸음이 절로 유연해지던 골목 끝

막다른 거기서 나는 좀 시시해져도 좋으리라 골목에 내다
놓은 스티로폼 화분 앞에 쪼그려 앉아 골목 밖 경적 소리 먼
전생처럼 흘려보내면서

# 콩나물국밥

　콩나물은 집착이 없다 무심하다 가는 거 붙들지 않고 오
는 거 마다 않는다 그게 콩나물이다 시루에 쏟아지는 물, 그
순간이 오면 스치는 쪽을 향해 쭉쭉 목을 뻗어볼 뿐, 의지 없
음에도 의지가 있는가 시장 구석 시루 삼아 묵묵히 건너온
여자, 스쳐갈 뿐인 시절 인연들이긴 하여도, 멀리서 찾아오
는 나 같은 단골들도 있다고, 발 디딜 틈 없이 빽빽한 국밥집
이다 무심도 절절하게 쩔쩔 끓어넘치는, 숙취엔 역시 콩나
물해장국만 한 것이 없는가 한다

# 산에 걸린 잠수함

대필 원고 들고 토굴 수행 한답시고 파고든 불광사 아래 지층방, 누가 잠든 머리를 치길래 깨어보니 빗물이 뱀처럼 방으로 들어왔군요 밖에선 벌써 옆집 소년이 빗물을 계단 밖으로 퍼 올리고 있네요 밤마다 혼자서 오락 게임만 하는 줄 알았더니, 녀석, 동동거리는 엄마 앞에선 든든한 가장이었군요 방이 가라앉고 있는데 배수구는 막히고 양수기 모터는 고장 나고 화장실이 역류합니다 어디로 들어왔는지 청개구리가 벽에 붙어 있네요 일주일에 사나흘 작업실에 지나지 않는 저는 떠나면 그만이지만 이 모자는 이제 어떻게 하나요 등산을 좋아해서 산으로 이사를 왔다며 호탕하게 웃던 가족인데요 고산에도 물이 모이는 저지대가 있을 줄은 몰랐겠지요 양동이로 물을 퍼 나르느라 밤을 새워야 할 모양입니다 어엿한 작업실 하나 장만하지 못한 제 처지가 딱해오기도 하는데, 아저씨, 여기서도 사는데 어디선들 못 살겠어요, 플라스틱 바가지로 퍼 담은 물통을 아령처럼 들어 올리며 제법 어른스럽게 위로를 하는 소년의 저 가는 팔뚝 좀 보세요 팔뚝의 깨질 것 같은 알통 좀 보세요 죽비가 따로 없습니다 불광중학교 2학년을 스승으로 삼고 어딘들 가지 못할까요 문 앞에 개발제한구역 표지석이 떡 버티고 있는 집, 잠

수함 프로펠러처럼 환풍기가 돌아갑니다 보일러 엔진 요란
하게 벽지를 말리고 있는 물속

# 망원동을 떠나며

직각은 직각인데 모서리가 깨어지고 부서져서
꺾이는 데에도 유장한 리듬이 있던 골목
지린내도 좀 나고 술꾼들 주정 소리도 들려오던 거기
마음 준 선배들에게 점포를 빼앗기고
쫓겨나던 날이었다
이봐, 그래도 좋은 거 몇은 있었을 거 아닌가
미운 마음에 그마저 잊을 순 없지
어깨를 짚고 스치는 포플러 넓은 잎들이 떨어져 덮는 건
살갗이 터오는 대지, 더듬이가 시린 잎벌레,
그 어디쯤에선 퇴근하시는 모양이요 잉
인사말을 건네 오는 노인 앞에서 얼결에 꾸벅 머리를 숙
이기도 하였으니
몇달째 빈 의자만 있던 그 골목을 나는 얼마나 서글퍼하
였던가
모르는 노인의 안부를 묻는 일로 스스로 위로를 받곤 하
였던가
흔적 하나 없이 사라진 뒤에도 사라진 이야기 하나쯤은
남아
술잔을 기울이고 있을 것 같던 골목

때도 아닌 잎이 지고 있었다 마치
이별하는 나무와 춤이라도 추듯이

# 잠의 빈민

석탄을 품은 지층처럼 깊디깊은 잠을 캐다
폐광이 되고 말았나보다
퀭한 폐광 위에 들어선 건 도박장
카지노 불빛에 일확천금 꿈을 꾸다 폐인이 되었나보다
양 한마리 양 두마리 양 세마리
양털 같은 수면 양말 속으로 기어 들어가서
마지막 양 한마리를 기다려도 돌아오지 않는다
베개를 바꾸고 침대를 바꾸고 이불을 바꾸고
불면증 치료를 받기 위해 야근을 한다 오늘도
충혈된 눈을 백열전구처럼 켜놓고
턱에선 시한폭탄처럼 까끌하게 만져지는 초침들
턱, 턱, 숨이 막혀오면 전기면도기를
잔디깎기 기계처럼 돌리면서
째깍거리는 수염을 출근 시간으로 돌려놓는
나는 잠의 빈민, 누구에게 털린 줄도 모르고
탈탈 털린 잠의 알거지, 거지 중의 상거지
잠속에 있을 때조차 참을 수 없는 졸음에 시달린다
재산인 줄도 몰랐던 재산을 다 탕진하고
패가망신한 졸부처럼

# 거리에 나의 얼굴이 생겨날 때

방금 전과는 다른 기울기로,
또다른 기울기로, 떨어지는 잎 한장이
거리에 내다놓은 종량제 봉투 위를 스칠 때
그 심드렁한 풍경에 무슨 이채로움이 있다고
물끄러미 커피잔 들고 서 있는 오후는 내게도 생소한 것
이어서
무슨 험한 일을 당했는지, 발이 뭉툭한 비둘기가 기우뚱
기우뚱거리는 걸 그냥 보기가 영 힘들어진다
마침 인삼 가게가 들어선 골목에 관광버스가 서더니
일군의 중국인들이 떠들썩 사진을 찍는 장면
하필 제 다리를 뜯으며 웃고 있는 치킨집
간판 앞일 건 무엇인가
저 모양 저 꼴로 나도 망가졌겠구나
제 살을 뜯어 먹으며 웃고 있겠구나
눈이 오거나 비가 오거나 낙엽이 지거나
심드렁하던 거리가 문득 심란해오는 한때
여기가 어디인가, 스쳐가는, 다만 스쳐가는
눈빛들로 부끄러워오는 나의 거리가 얼핏
얼굴이라는 걸 갖게 될 때

# 하이힐 블루스

라푼첼의 긴 머리카락처럼
치렁치렁 비는 내리고
코가 깨진 새가
언덕길을 오른다
하이힐 뒤꿈치에 쐐기풀
핏물 밴 반창고를 붙이고
공주님,
뾰족탑에 갇힌 공주님,
왕자는 어디에 있나요
고딕 첨탑 같은 굽에서
하루 종일 닦던 그릇 굽
달그락거리는 소리만 따라오는데
이가 빠진 그릇이어도
하이힐로
하이 파이브
소리가 나는 비둘기 날갯짓으로
하이 서울
파김치가 되어 걷는 불광동 언덕길
공주님, 뾰족탑에 갇힌 공주님,

불안은 상비품이어서
주인 없는 왕자의 운동화가 기다리고 있는 지층으로
택배 기사가 오면 허공에 말을 걸며
모노드라마 연습을 하는 집으로
끄떡끄떡
꾸벅꾸벅
써본 적 없는 칠보 장식
족두리봉 아래
보도블록 틈에 끼인 하이힐로 휘청
굽 속에 굽은 기형의 발로 굽신
샴푸를 해도 곰팡내가 나는 거기
꺼져 내린 지하에서도
하이 서울
하이 파이브
고공으로 솟은
고딕의 성처럼

# 북광장의 명상

불조심이나 멸공 대신
닦고 조이고 기름 치자 대신
명상이 있다
화장실 소변기 위에도
변기통 안쪽 문에도
지하철에도
주민자치센터 전광판에도
센트럴파크 산책길에도
교회 홍보 전단지에도
텔레비전 힐링 콘서트에도
잠시 들른 찻집 메뉴판에도
있다 우리의 환부는 꽤나 깊고
환부는 어떻게든 흥행에 성공을 해야 하니까
잠언 작가들을 배출하는 제도가 필요할지도 모르겠군
잠언 전문 도서관 같은 것이 생길지도 모르겠군
득도한 이들이 넘치는구나
온 도시에 넘치는 깨달음이
온 도시를 도배 중이다
언제 어디서든 소비할 수 있는

웰빙과 힐링과 치유의 강박이
검은 봉지들처럼 입을 벌리고 떠다닌다
잠언이야말로 우리 시대의 날카로운 리얼리티
그게 무슨 잠꼬대 같은 소리인지
그때나 지금이나 어김없이
폐지처럼 구겨진 노인들이
폐지 더미 수레를 끌고 가는 광장
삐라와 표어와 광고 전단지가
붙어 있던 거리

# 사물의 탄생

컵이 있다 탁자 위에,
팔에 깁스를 하고 나니
컵이 난감하다
곤란을 기꺼이 마주하는 것이
컵과 나의 관계를 다시 설정한다
공기 중에 매설된 지뢰라도 짚듯
신중하게 뻗어가는 컵은
만만치 않다
컵이 컵 둘레 밖으로 퍼져
컵 옆의 빈자리도 컵처럼 존재감을 갖고
배치된 자리를 지키고 있는 듯하다
컵의 무엇이,
함부로 침범할 수 없는
저만의 간과된 무엇이
지금 일어나고 있는 것인가
어느 순간 손잡이가 귀로 바뀌더니
컵 속의 침묵이 와글거린다
입술이 생겨나서 수많은 키스의 추억을
되새김질한다

어쩌다 이가 깨졌을까
깨진 이로 웃던 그 아이는 어디로 갔을까
오고 있다 거기 그대로인 채로
자신의 과업을 충실히
수행하고 있는 컵

제 4 부

# 젖은 새

개근할 데가 없어서 툇마루에 개근 중입니다
오늘은 툇마루에 앉았다 간 새
발자국을 보고 있습니다
샘이라도 딛고 왔는지
젖은 발자국이
마르는 걸
꼼짝없이
지켜보고 있습니다
유리창을 닦을 때
호, 불어 넣은 입김처럼
닦을 무엇이 제게도
생겨난 것만 같습니다
하늘로 올라가는 새처럼
지워져서 더는
보이질 않을 때까지
꼬질꼬질 때 묻은
툇마루도 하늘인 양
발자국도 날개인
새

# 죽간본

대나무 문발을 쳐서
비닐 장판 바닥에
한자를 받아쓴다
밥그릇 뚜껑의
福이다
한겨울이면 눈 덮인 대숲에서
대나무를 자르던 사람들
복도 없이
복을 짓고 살았거니
구름이 지나가는지
바람이 일었다 가라앉는지
사라졌다가도 이내
살아나는 문양,
하늘이 보내온
죽간이다

# 윤필암

윤필암 불당에는 부처가 없더라
빈자리에 통유리 내고 맞은편 산을 앉혔을 뿐,
흘러가는 구름을 앉혔을 뿐
목은 이색의 받지 않은 원고료로 지었다는 절
내가 받지 않은 원고료는 어디로 갔을까
원고 청탁서의 고료는 십년 전과 같고
그마저 정기 구독으로 돌리기 일쑤인데
통계청 발표에 따르면 시인은 단연
가난한 직업군의 상위권
두어해인가는 신부님 수녀님을 제치고 일등을 했지
로마 교황청 같은 뒷배도 없이
통장 잔고를 일없이 확인해보는 며칠
원고지 칸칸이 내겐 유리와 같아서
산도 앉혀보고 바위도 앉혀보지만
그 바위에 흐르는 천만가지 면목을 어찌
붓으로 옮길 수 있을 것인지
윤필도 못하고 절필은 더더욱 못하고
면목이 없다
원고료의 옛말 윤필

# 눈물의 왕

처마에 빗줄기를 걸어 가야금 줄이라도 퉁겨주라
안경알 연마라도 하듯 눈물을 깎아주라
뒤집힌 장독 뚜껑들도 확도 보조개가 파인다
버리고 떠난 집집 구멍마다 들고 나는
공벌레 돈벌레
질겁했던 지네들도 한결 견딜 만
달팽이들이 마루까지 올라와서 물청소를 한다
찬모를 들일 형편이 아니니 기특한 네가
우렁 각시 노릇을 하는구나
천치로서 빗줄기 현마다 다른 음색을 누리는구나
석우동 무덤 위에 이끼 푸르고
가난이 나의 집을 악기전으로 벌여놓았으니*
천지가 나를 궁핍하게 한다고 해도 할 수 없는 일
찬장의 밥그릇 국그릇도 나와라
간장 종지서껀
실로폰 소리를 들려주라
양철북 소리를 들려주라


* 홍사용 「처마의 인정」.

# 쌀과 콩의 서예

서예란 무엇이냐, 스승은 쌀과 콩을 먼저 생각하신다고
한다 소싯적 쌀가게 점원으로 일할 때 한글을 모르는 쥔 대
신 쌀 한되 몇원, 콩 한되 몇원, 독학으로 익힌 글을 가게 앞
광주리에 꽂아놓곤 하였는데 그 글씨 참 명필일세, 글씨를
아는 사람들 쌀가게를 표구점처럼 들락거리더니 언젠가부
터 글씨들이 슬쩍슬쩍 사라지기 시작했다는 것이다 곡식 도
둑은 보았어도 글씨 도둑은 처음 보는구먼, 틈나는 대로 스
승은 쌀과 콩을 늘 여분으로 몇장씩은 더 준비해놓고 있어
야 했는데 왕희지도 부채 파는 노파의 부채에 글을 써서 매
상을 올려줬다질 않던가 서예가 무엇이냐, 굳이 말하자면
쌀과 콩을 떠나선 아무것도 이야기할 수 없는 것이라고

# 전혁림의 목욕 의자

　전혁림미술관에서 본 화구 중 제 눈을 끈 것은 낡고 오래된 플라스틱 목욕탕 의자였습니다 쭈그려 앉아 물을 부으면 빠져나갈 수 있도록 가운데 구멍이 뚫린, 부둣가 시장 귀퉁이 같은 데 할미들이 앉아 시래기 줄기를 다듬는 흔한 의자였습니다 화가는 붓질 틈틈이 의자에 붓을 닦았다고 합니다 자신도 모르게 즐겨 쓰던 오방색이 의자를 켜켜이 퇴적층처럼 감싸게 되었지요 마치 목욕 의자에 뚫려 있는 물구멍이 화산 분화구처럼 폭발하고 있는 것처럼 말입니다 부러 그린다 한들 저만한 오방색이 나올 것 같지 않았습니다 마지막까지 의자의 소임에 충실하면서 의자 너머를 향해 있었던 목욕 의자, 그 위에 앉아 혼자 때를 밀 때면 숨을 놓을 때까지 붓을 놓지 않았다는 노화가의 붓질을 생각합니다

# 강요배의 한라산에 취하다

섬 아니면 뭍이다 제주에서는
덕분에 분열을 앓지 않고 나도 그냥 뭍이면 된다
뭍으로 통한다
이 이분법은 한라산으로부터 온다
한라산을 중심으로 제주는 동서남북의 기질이 다 다르다
고 한다
제주시에서 볼 땐 따뜻한 남쪽 서귀포는 게을러터졌고
서귀포에서 볼 땐 북쪽 제주시는 쓸데없이 허둥거린다
이런 식으로 조천과 한림,
중산간지대와 바닷가의 기질이 달라진다
계절은 또 얼마나 다채로운지,
한라산 중턱쯤에서 쨍한 봄날을 만났다면 그 위에는 장마
가 있고
정상에 오르면 가을인지 겨울인지 모를
정체불명의 계절이 기다리고 있다는 식이다
만삭의 배에서 태동을 느끼듯이 명명 못한 계절들을 향
하여
그는 섬에 귀를 기울인다
백록담이 세계의 배꼽이라고,

밤새워 한라산을 마시는 그 앞에서
기꺼이 뭍이 된다 나는

# 술잔의 레퀴엠 그리고 송가원

탁배기잔은 무뚝뚝해도 속 깊은 소리가 난다

소주잔은 공중으로 뛰어올라
손뼉 치는 쾌감이 있다

와인잔은 공명통이 깊어서
들어 올린 술잔이 종탑, 손목 스냅으로
약강을 조절하는 종소리를 배경으로
알딸딸하게 번져가는 노을의
음악이 있다

저물녘의 그 향그러운 타종을 위해 하루를 견디어보았
는가
  잔이 부딪칠 때 몸도 따라 쨍하니 출렁이는 소리를 들어
보았는가
  레퀴엠 대신 조종 대신 평생을 들어온 소리, 너무 나무라
지 마라

높이 들어 올려 경배하는

저세상에서도 그 소리 하나만은
울렸으면 하는 것이니

# 마라톤 타자기

녹이 슬었다
마라톤 평야를 건너온 것이다


부산역 부근 요양원
반평생 시를 써도 시집은 어떻게 내는지 모르겠다고,
낡은 소파에 앉아 그는 마감 원고를 쓰고 있었다


저분이 저래 봬도 신춘문예 출신이라잖아
키득거리는 요양보호사들을 독자로


녹슨 걸음걸음마다 빼곡하게 채워가는 노트
혼자 남은 그의 곁을
독촉 없는 마감이 지키고 있었다


찾는 이 없어 외롭지 않으냐 여쭈면
외로움이 시인의 직업이라고 하시죠
역시 치매에 걸려도 시인은 시인이세요


전해야 할 무엇이 남아 있다는 듯

그 무엇도 남아 있지 않을 때
텅 빈 백지의 아름다움이 여전히 남아 있다는 듯


천장만 보고 있는 6인실 한 귀퉁이
오래전 잊힌 마라톤 타자기

# 모과의 문장

모과를 주물럭거렸으나 모과는 늘 불만이었다
겨우내 책상 위에 올려놓고 지켜보았으나
봄이 오도록 나는 모과의 실체에 이르지 못했다
모과에 내리는 빛도
모과의 거죽 위에 묻어나는 분도
모과의 향이 조금씩 진해졌다가 흐릿해지는 것도
이름 주위를 맴돌다 사라져갔을 뿐
까맣게 변색이 될 때까지 나를 기다려준
모과의 수고가 무색하게 어떤 말도 붙들질 못했다
흙으로 돌아간 열매를 새로 매단 나무처럼
묵은 모과를 다시 꺼내본다
겨우내 벽에 붙어 있던 책상을 창 쪽으로 옮겨놓고
이것이 나의 자전과 공전이기라도 한 것처럼
모과가 처음 왔을 때로 되돌아간다
완성된 모과와 처음 왔을 때의 모과를 견주는 일
그 사이의 지리멸렬한 변화를 추적해보는 일
그때 모과와 나 사이에 왔다 간 느낌들엔 무엇이 있었나
모과는 이 모든 과정을 품어주었다
모과를 빚고 지우고 새로 빚는

처음도 끝도 오직 이 과정만이 있을 뿐
어쩌면 이것이 내가 모과에게 익힌
사랑의 기교가 아닌가 하면서

# 숲의 귀

숲 옆에 붙은 사무실이라 철마다 다른 새소리가 귀를 후
벼준다
들려오는 건 새소리만이 아니다
산책길 오가는 사람들 두런거리는 소리와
사무실 쪽의 복합기 돌아가는 소리까지 섞여 들려온다
새소리가 들리지 않을 땐 자각이 없거나
잡음에 지나지 않는 소리들,
어떤 새소리는 팥배나 박태기 똘배나무 이름을 닮았다
은수원사시나 물푸레, 층층과 오리도 있고
쑥과 냉이, 달래라고 없겠나
나무 이름 나물 이름 외는 일로 새소리 근처는 갈 듯
상수리나무 둥치에 붙여놓은 새집에선
봄 내내 동고비 새끼들이 울었다
딱따구리 소리까지 겸하여 약으로 들었다
동고비의 집은 본디 딱따구리의 집
지난겨울 그들 사이에 무슨 일이 있었는지 나는 모른다
모른다는 것을 알게 된 것이 기쁨이라면 기쁨
사무실과 숲 사이에서
벌어진 내 귀 또한 누군가의 안방이 되려니

곧 뻐꾸기가 울리라 아카시아 질 때를 기다려
영 너머에선 검은등뻐꾸기도 울리라

# 종이 유령

　방구석에 희미한 기척이 있다 이 심야에 누구인가 숨을 죽인 채 은밀하게 동작하는 것이 책상에 웅크린 나의 거동을 살피고 있는 듯하다 무궁화꽃이 피었습니다, 돌아보면 아무도 없고, 무궁화꽃이 피었습니다, 돌아보면 그 상태 그대로다 등 뒤에서 참았던 숨을 내쉬는 소리, 풍선 바람 빠지듯 표 나지 않게 쉬어보는 소리, 등산길에 섬찟 놀라 피하던 북한산 들개들이 스친다 한때는 반려였다가 의지와 관계없이 야수가 되어버린 그들처럼 반려된 원고들이 나에게라고 없었을까 오싹하게 살아 움직이는 것들, 뭔가를 참을 수 없다는 듯, 틀어막은 입으로라도 기어코 쏟아내야 할 말이 있다는 듯,

　다시 돌아보면 아무도 없다
　내던진 종이 뭉치들만
　구겨져 있을 뿐

# 녹슨 피

문 닫은 유원지
칠 벗겨진 회전목마
쓰다듬은 손에서
녹내가 난다
꾸덕꾸덕 말라붙은
피 냄새다
부식을 막기 위해
덕지덕지 도색을 하고
광택을 내던 시절의
질주는 끝났다
고백의 힘으로
겸허히 녹슨
쇳덩이
수혈을 한다

# 목조집의 도둑

밤사이 벽에 박아놓은 압핀이 떨어져 있다


땅이 얼부풀어
현관문으로 이어진 나무 계단이
문에 딱 붙어버렸다


외출을 막아선 집에 갇혀 땅이 녹길 기다린다


치통을 앓는 것 같군
해가 나면 부은 잇몸이 가라앉듯
집을 놓아줄까


뻑뻑한 마디마디 관절 푸는 소리가 들려온다
저 혼자 계단 밟는 소리도 들려온다


그 소리에 덜컥 겁을 집어먹고 깨어난 밤
도둑이라도 들었나, 도둑은 무슨
실은 내가 도둑인 것을

수지침에 어혈이 풀리는 듯
문을 여는 집

# 소혹성

엎어진 자리에 그냥
엎드려 있으니 누가
나를 업고 있는 것 같네
어부바 아기처럼 등을
내어주고 있는 것 같네
남쪽 바닷가에 묻어드린
아버지의 등짝이
여기까지 뻗었나
일 잃고 친구 잃고
끈 떨어져 시작한
한뙈기 텃밭
오목한 발바닥으로
알을 쥐듯 땅을
쥐어보는 자리
나는 돌아가네 나에게
딱 들어맞는 그곳으로
올봄 텃밭에 심어놓은
층층나무의 하늘과
땅에게로

# 백비(白碑), 나날의 삶에 깃드는 범속한 트임

이찬

## 1. 흔적: 시간의 깊이와 존재의 목소리

손택수의 이번 시집 『눈물이 움직인다』에서 우선 눈에 띄는 것은 "마냥 감겨 있는 것 같아도/들을 건 다 듣고 있는 창/뜬 듯 만 듯 깨어 있던/가난한 나의 창"(「눈곱재기창」), "부식된 못이 염려스럽고/삭은 나무들에 마음이 아려오는 건/사물에 영혼을 입히는 당신들 때문이겠지"(「의자」) 같은 구절들에서 엿보이는 흔적에 대한 사유이다. 이는 우리 주변 사물들에 깃들 수밖에 없는 무량한 생의 곡절과 시간의 깊이를 되찾아오려는 그의 예술적 안목과 실존론적 기투(企投)를 암시한다. 달리 말해, 우리 모두의 밑바닥에서 웅성거리는 존재의 목소리가 지금-여기로 "되돌아오고 되돌아오길 왼종일"(「이별하는 돌」) 반복하는, 그 과정 전체를 지긋한

115

감응의 눈길로 투시하려는 시인의 태생적 기질과 본원적 지향을 말없이 일러준다.

이러한 측면은 첫 시집의 "해 지면 달 지고, 달 지면 해를 지고 걸어온 길 끝"(「아버지의 등을 밀며」, 『호랑이 발자국』, 창작과비평사 2003)에서부터 최근 시집의 "가도 가도 바깥인 집/당신이 가신 뒤의 일입니다/감나무 잎그늘 수런거리는 소리도/누군가의 숨결만 같은 하루"(「먼 집」, 『어떤 슬픔은 함께할 수 없다』, 문학동네 2022)에 이르기까지 한결같은 이미지 지력선으로 나타난다. 이 지력선은 투명한 수채화처럼 단아한 미감과 '숨은 조화'의 뉘앙스를 타고 흐른다. 주변 사물들에 깃든 역사적 실존의 작은 흔적들을 어루만지려는 순정한 감각이 손택수의 시 이미지들을 마름질하는 예술적 주도소(主導素)로 기능할 수밖에 없는 까닭 역시 이와 같다. 시인이 간절한 마음으로 품으려는 고통받는 타인의 생이란, 결국 그들의 모진 역사적 운명과 시간의 풍화작용을 단번에 가로질러 '지금-시간'(Jetztzeit)으로 들이쳐오는 그 오롯한 진실의 무대를 통해서만 드러날 수 있기 때문이다. 그것은 또한, 만인의 눈물과 한탄에 들어박힌 우여곡절들을 오래오래 응시하고 끝끝내 되살리려는 충실성의 윤리학을 통해서만 도래할 수 있을 것이다.

습작 시절에 이런 글을 썼다
어름치는 산란을 위해 물속에 돌탑을 쌓는데

삼랑진 낙동강이 내려다보이는 만어사
너덜겅의 바위들이 꼭 그와 같다고
동해 용왕의 아들이 무리를 이끌고 와
불법 듣다 그대로 굳어졌다는 설화 속
일만마리 바위들이 어름치만 같다고

나는 이렇게 마무리하였으리라
아기 없는 아들네 집에 손주 하나 점지해달라고
쌀을 이고 바랑에 참기름병을 품고
끊어진 물길을 거슬러 오르는 노인
탑돌이 끝에 고목 속에 작은 돌탑 하나 쌓는
그 노인도 어름치가 되었다고
돌어름치가 되었다고

차마 어디에도 싣지 못한 그 글이 내
운명이었음을, 이제 안다
―「만어사에서」 전문

　"차마 어디에도 싣지 못한 그 글"에서 헤아릴 수 있듯, 「만
어사에서」는 "습작 시절" 시인이 잠시 머물렀던 한 공간에
관한 기억을 우리 눈앞에 생동하는 풍경처럼 되살려놓는다.
나아가 기억을 다루는 그의 고유한 소묘법과 마음자리를 암
시적 문맥으로 현시한다. 이 작품은 언뜻 보아 "산란을 위해

117

물속에 돌탑을 쌓는”“어름치”와 “동해 용왕의 아들이 무리
를 이끌고 와/불법 듣다 그대로 굳어졌다는 설화 속”“너덜
겅의 바위들”, “아기 없는 아들네 집에 손주 하나 점지해달
라고”“끊어진 물길을 거슬러 오르는 노인”을 닮은꼴의 별
자리로 이어놓는 듯한 인상을 풍긴다.

그러나 시인은 이 인물 형상들의 간곡한 기복신앙과 결락
(缺落) 관계를 형성하는 “차마 어디에도 싣지 못한 그 글”을
“마무리” 대목으로 얹는다. 나아가 그 모든 기억의 회로 속
에 기어코 들러붙는 망각과 오인의 함정, 나르시시즘의 자
가당착을 뒤돌아보도록 강제한다. 특히 “차마 어디에도 싣
지 못한 그 글”로 표상되는 처연한 자괴감의 이미지는 그 뒤
를 떠받치는 “운명이었음을, 이제 안다”라는 둔중한 시간성
의 자각과 맞닿는다. 그리고 그것에 주름진 ‘말과 시간의 깊
이’를 허허롭게 방증하는 미학적 장치로 기능한다. 그리하
여, 우리 생의 무수한 기억이나 모든 이의 글쓰기에 깃드는
한계 체험과 더불어 ‘공백으로서의 진리’, 그 ‘불가능’의 진
실을 얼비치게 만든다.

손택수의 시는 우리 영혼의 심부를 겯고 트는 기억의 변주
곡을 정갈하고 유려한 비유적 심상들로 아로새긴다. 그리고
이를 서정의 정통법으로 돋을새김하는 자리에서 빛난다. 설
혹 상투적인 미감을 재현하는 미학적 난경에 빠져들거나 그
럴싸한 정서적 분위기에 매몰되는 난처한 상황과 직면하게
되는 경우라 하더라도, 그의 특유한 흔적의 사유나 주변화된

존재들에 숨겨진 신비의 깊이와 그늘진 아름다움을 응시하려는 타자성의 시선은 사라지지 않는다. 오히려 끝내 지워지지 않을 긴 잔영의 그림자를 남기면서 영묘한 분위기를 풍긴다. 달리 말해 시인은 세계의 그늘진 모퉁이에 우리가 온전히 거머쥘 수 없는 '불가능'의 존재들이 함께 거주하고 있음을 폭넓은 시선과 낮은 목소리로 환기하려 한다.

이와 같은 맥락은 시인의 실존적 태도로서의 겸허의 윤리학, 그리고 주변부 세계의 신음과 절규를 낱낱이 들여다보려는 격물치지(格物致知)의 정신이 그의 자연스러운 몸가짐으로 체화되어 있음을 암시한다. 시인은 세계를 구성하는 수많은 존재가 동등한 지위와 권리를 품고 참여하는 '대동(大同)' 세계, 그것으로 가는 나날의 실천 과정을 간곡한 마음결로 뒤따르려는 사람이기 때문이다. 그리하여, 대동이라는 '오래된 미래'를 향한 간절한 소망과 부단한 실천 과정을 결단코 포기할 수 없는 사랑의 실천가가 바로 시인 손택수라고 말해도 좋으리라. 아니, 자기갱신을 매 순간 거듭하면서, 그 상태를 무한히 지속하려는 영원한 지금의 예술가라고 일컫는 것이 좀더 합당하겠다. 마찬가지로 천지만물(天地萬物)로 표상되는 온 세상의 존재들이 빠짐없이 어울리고 자기 생을 온전히 누릴 수 있는 유토피아의 시간과 그 희망의 원리를 생의 불꽃처럼 간직해온 사람이라고도 말할 수 있을 것이다.

## 2. 범속한 트임: 나날의 삶과 불가능의 깨달음

짓는 것 중에 으뜸은 저녁이지
짓는 것으로야 집도 있고 문장도 있고 곡도 있겠지만
지으면 곧 사라지는 것이 저녁 아니겠나
사라질 것을 짓는 일이야말로 일생을 걸어볼 만한 사업
이지
소멸을 짓는 일은 적어도 하늘의 일에 속하는 거니까
사람으로선 어찌할 수 없는 운명을
매일같이 연습해본다는 거니까
멸하는 것 가운데 뜨신 공깃밥을 안고 누군가를 기다리는
이 지상의 습관처럼 지극한 것도 없지
공깃밥이라는 말 좋지
무한을 식량으로
온 세상에 그득한 공기로 짓는 밥
저녁 짓는 일로 나는 내 작업을 마무리하고 싶네
짓는 걸 허물고 허물면서 짓는
저녁의 이름으로

—「저녁을 짓다」 전문

"사라질 것을 짓는 일이야말로 일생을 걸어볼 만한 사업
이지"가 암시하듯, 「저녁을 짓다」는 "짓는 것"으로 비유된

존재 생성의 과정과 "사라질 것"으로 표상된 "소멸"의 현상 일체를 "운명"이라는 자연스러운 변화의 모양새로 그린다. 또한 "소멸을 짓는 일"이라는 모순 형용의 심상에 응집된 시인의 실존적 찢김과 치곡(致曲)의 아우성은 이 시의 뒷면을 타고 흐르는 고통의 몸부림으로 깃든다. 이는 시인이 겪어온 날 선 현장 체험과 더불어 고단한 깨달음의 무늬들이 설핏한 기색으로 번득이고 있음을 넌지시 알려준다. 손택수의 몇몇 시편은 겉면으로는 잘 드러나지 않는 은폐된 뉘앙스와 의미의 겹주름을 에두르고 있기 때문이다.

가령 "굴뚝 청소부처럼 양 볼에 깜장이 묻어 있던 소년//낡은 구두를 보면 손이 근질거린다 지금도/지문에 묻은 약을 펴 발라주고 싶어진다//와장창 깨어지는 소리를 내며 돌아온 구두들/지붕에 새로 창을 내듯이"(「구두에 창을 내다」), "다 죽여버릴 거야/허구한 날 만취한 골목/제 울음소리에 떠는/비루먹은 담벼락/깨진 이빨들을 뽑아/먹지를 태우며 놀던 아이들/그 기억으로, 몰입 중이다/한낱 사금파리에 지나지 않는 걸/꼼짝도 않고 지긋이/차디찬 사금파리의 빛이/황홀하게 죽어/막 태어나는/태양의 빛으로/활활거리도록"(「태양의 아이」) 같은 구절들을 눈여겨볼 필요가 있다. 이들은 시인의 "소년" 시절을 둘러싸고 있었을 폭력과 취중 난동의 일상을 우리 눈앞에서 살아 꿈틀거리는 현재시제의 사건들로 되살아나게 만든다.

이렇듯 기운생동(氣韻生動)으로 언명될 수 있는 시인의

활발발(活潑發) 미학과 이미지 소묘법이 매일매일의 평범하고 남루한 생활세계의 얼룩들을 정면으로 꿰뚫으려는 자리에서 태어난다는 사실엔 두말이 필요치 않을 것이다. 그러나 손택수의 시는 저 지긋지긋한 나날의 곡절들에 주저앉지 않는다. 마찬가지로 자기 실존에 가해진 무수한 폭력과 억압의 상흔들을 위무하려는 자기애의 순환 회로에도 갇히지 않는다. 오히려 "지붕에 새로 창을 내듯이" "태양의 빛으로/활활거리도록"에서 알아챌 수 있듯, 열린 "빛"의 심상들을 은은한 시선으로 비춘다. 이는 시인의 타고난 정신적 체질로 짐작되는 "운명"에 대한 치열하면서도 부드러운 수용력에서 온다.

따라서 「저녁을 짓다」의 "소멸을 짓는 일은 적어도 하늘의 일에 속하는 거니까/사람으로선 어찌할 수 없는 운명을/매일같이 연습해본다는 거니까"라는 구절은 시인이 품은 수수하고 질박한 '소극적 수용력'이라는 덕목을 암시한다. 이 시편에서는 무위자연(無爲自然)으로 축약되는 일상의 움직임으로 체화된 자연스러운 순리를 따르려는 이미지가 나타나기 때문이다. 이번 시집의 마디마디에서 '범속한 트임'으로 풀이될 수 있을, 일상의 진부한 사물들에서 우리 모두의 오랜 꿈과 소망을 포착하는 '유물론적 영감'과 '방법으로서의 유토피아'를 마주치게 되는 것은 지극히 자연스러운 결과이다.

저 모양 저 꼴로 나도 망가졌겠구나/제 살을 뜯어 먹으며 웃고 있겠구나/눈이 오거나 비가 오거나 낙엽이 지거나/심드렁하던 거리가 문득 심란해오는 한때/여기가 어디인가, 스쳐가는, 다만 스쳐가는/눈빛들로 부끄러워오는 나의 거리가 얼핏/얼굴이라는 걸 갖게 될 때
—「거리에 나의 얼굴이 생겨날 때」 부분

몇달째 빈 의자만 있던 그 골목을 나는 얼마나 서글퍼하였던가/모르는 노인의 안부를 묻는 일로 스스로 위로를 받곤 하였던가/흔적 하나 없이 사라진 뒤에도 사라진 이야기 하나쯤은 남아/술잔을 기울이고 있을 것 같던 골목
—「망원동을 떠나며」 부분

치통을 앓는 것 같군/해가 나면 부은 잇몸이 가라앉듯/집을 놓아줄까//뻑뻑한 마디마디 관절 푸는 소리가 들려온다/저 혼자 계단 밟는 소리도 들려온다//그 소리에 덜컥 겁을 집어먹고 깨어난 밤/도둑이라도 들었나, 도둑은 무슨/실은 내가 도둑인 것을
—「목조집의 도둑」 부분

위의 인용 구절들에 담긴 현실과 신비의 교차, 일상과 비밀의 뒤얽힘을 발견할 수 있다면 이 시집의 핵심을 파악하는 자리에 이르렀노라고 단언할 수 있겠다. 달리 말해, 진부

한 사물들과 평범한 일상 속에서도 우발적인 교감의 순간과 함께 생동하는 통찰력의 순수 상태가 한줄기 빛살처럼 들이쳐오는 선득한 깨달음의 충격 효과들을 감수하고 이해하는 과정이 중요하다. 이 과정은 또한 손택수 시 전체의 온전한 해석에 있어 가장 중요한 관건을 이룰 것이 분명해 보인다. 따라서 인용 시편들에서 "눈" "낙엽" "거리" "의자" "골목" "치통" "잇몸" "관절" "계단" 등과 같은 낯익은 사물과 신체의 형상들, 또는 우리가 매일같이 살아가는 일상적 공간의 무늬들을 눈여겨볼 필요가 있다. 이들은 자본주의 생활세계에서 나날의 양식으로 늘 우리 곁에 더불어 있는 흔하디흔한 '사물-도구'이거나 또다른 '몸/공간'의 이미지일 수밖에 없을 터이다.

그러나 시인은 저 진부한 사물·사태들에 신비스러운 외양을 덧입히거나, 알 수 없는 어떤 영묘한 분위기로 감싸인 존재자를 나날의 몸짓으로 포착하는 범속한 트임의 '사유 이미지'를 곳곳에 새겨 넣는다. 나아가 이질적 사물들의 우연한 발견과 낯선 결합으로 이루어진 몽타주들, 또는 현란하게 엇갈리는 '변증법적 이미지의 교차 방식'을 통해 '대문자-역사'와 그 전승탑의 뒤안길로 사라져간 낡은 것과 소외된 것, 무용하다고 폐기 처분된 것들을 '지금-시간'으로 되살리려는 시적 이행(履行)과 예술적 분투를 거듭해온 것이 틀림없다.

이와 같은 진중한 이행과 분투는 '비동일자의 구원'이나

'기억의 윤리학' 같은 용어들로 압축될 수 있으며, 「망원동을 떠나며」에 등장하는 "흔적 하나 없이 사라진 뒤에도 사라진 이야기 하나쯤은 남아"라는 무늬는 이를 가장 명징하게 표상하는 단자(單子)에 해당한다. 우리의 역사적 실존과 함께 거주했던 무수한 사물은 결국 사라질 운명에 처한다. 그러함에도 불구하고, 그 사물들 언저리에 더불어 살고 있었던 "흔적"이란 우리와 사물 사이에 보이지 않는 분위기와 영향력으로 오래오래 머문다. '세계의 살'이라는 한 철학자의 말이 그러하듯, 그것은 보이지 않는 힘과 분위기로 우리 곁에 공존하는, 나아가 사물들의 내부에 새겨진 역사적 시간의 깊이와 우리의 당면한 마음결 사이에서 일어나는 그 모든 기운과 움직임을 포괄하는 것이기 때문이리라.

따라서 "흔적 하나 없이 사라진 뒤에도 사라진 이야기 하나쯤은 남아"라는 구절은 실상 "흔적"이란 결코 사라질 수 없는 것이라는 "이야기"를 전달하고 있는 셈이다. 그것은 시각적 차원에서 "흔적 하나 없이 사라진"대도, 기어코 "사라질" 수 없는 또다른 "흔적"으로 "이야기"를 남길 수밖에 없노라는, 또다른 "이야기"를 보이지 않은 뒷면에 남긴다. 그런 겹의 서사로 감싸여 있기 때문이다. 시인의 탁월한 소묘처럼 모든 사물의 "흔적"은 사라지는 것이 아니다. 오히려 "이야기"로 대변되는 다른 "흔적"이나 비가시적 관계의 그물 속에 연기(緣起)의 사슬을 새겨 넣는다. 그것은 셰익스피어의 '햄릿'이 소리쳤던 것처럼 '시간의 이음매에서 벗어난 것’, 곧 유령과도 같이 기어이 사라지지 않는 것인지도 모른다. 아니, 우리 모두의 실존 그 언저리 어디쯤에선가 더불어 곁에 있는 것으로 미래 시간에도 늘 함께 존속할 것이 틀림없다.

그리하여 “그런 날 달래듯이, 이해한다는 듯이/감자 박스에 사과 한알을/품고 산다/잘 아시겠지만/사과에게도 무서운 독은 있다/씨앗을 삼키면 복통이 온다/그 곁에선 감자도/시퍼렇게 치밀고 올라오는/뿔을 견딘다”(「결혼기념일」)라는 시구는 “결혼” 생활을 한탄하거나 원망하는 자리에서 오지 않는다. 도리어 “품고 산다” “견딘다”라는 용언들이 묵시하듯, 과거와 미래를 현재의 시간으로 휘감아들이면서 방법으로서의 유토피아를 바로 지금-여기의 순간으로 소환하려는 시인의 예술적 몸부림에서 태어난다. 어쩌면 이 몸부림의 자리에서 손택수 시의 독창이자 미학적 특이점으로 일컬을 수 있을 범속한 트임으로 은은하게 빛나는 이미지들이 태어나는 것인지도 모른다. 이들은 화려하거나 웅혼한 격동의 심상을 품고 있진 않지만, 나날의 사소하고 자질구레한 생활의 파편들 속에서 말없이 들이치는 담박하면서도 허허로운 “잃어버린 불가능”(「입파도에서」)이라는 진실을 깨닫게 한다. 곧 우리 생의 한가운데 늘 존속해온 유토피아의 기억, 불가에서 말하는 ‘본래면목’의 자리를 정시하도록 강제한다.

## 3. 백비(白賁): 꾸밈없는 꾸밈과 숨은 조화

손택수의 이전 시집들에서도 종종 나타났던 바이긴 하지만,『눈물이 움직인다』에서 단연 돋보이는 작품들은 단형시의 짜임을 보여주는 동시에 그 마디마디에 서린 여백의 음영으로 '꾸밈없는 꾸밈'의 미감을 말없이 내비치는 시편들이다. 이들은 1부의「수국」부터 4부의 끝자락에 놓인「소혹성」에 이르기까지 시집 곳곳에 흩어져 있다. 특히 아래 인용한 무늬들의 사이에서 소리 없이 번득이며 서로를 비추는 암시의 빛살과 의미의 별자리를 가만히 들여다보라. 보이지 않는 행간에서 일렁이는 '숨은 조화'와 그 단아한 미감의 여울들이 만드는 예술적 성취를 통해, 이 시집이 빚는 문학사적 변곡점의 희미한 징후를 발견할 수 있을지도 모른다.

> 남쪽 바닷가에 묻어드린/아버지의 등짝이/여기까지 뻗었나/일 잃고 친구 잃고/끈 떨어져 시작한/한뙈기 텃밭/오목한 발바닥으로/알을 쥐듯 땅을/쥐어보는 자리/나는 돌아가네 나에게/딱 들어맞는 그곳으로/올봄 텃밭에 심어놓은/층층나무의 하늘과/땅에게로
>
> ―「소혹성」부분

아무도 찾아오지 않던 여름 파출소/저물녘에야 달려온 어머니 손을 잡고 나올 때/안도와 죄책감이 뒤섞인 얼굴

로 고개를 숙인 내게/힘없이 손을 흔들어주던 아이/그 아이가 왜 내가 잃어버린 아이만 같을까/누구나 한번은 고아일 때가 있지/고아끼리 손을 잡고 견뎌야 하는 시간이 오지/해변 파출소 앞을 지날 때면 나도 몰래 머뭇거린다/내가 잠시 고아였을 때, 꼭 잡고 있다 놓아버린 손/어쩌면 내가 그 어미가 되어서

—「바닷가에 두고 온 아이」 부분

유려한 화소들로 점멸하는 유리벽, 돈키호테의 후예인 가/돌진하던 새의 향방을 좇으며 커피를 들고 가다/아이쿠, 마빡에 번쩍 불똥이 터진 나는/정신없는 새대가리로서, 어디서 나타났는지,/모니터라도 닦듯, 쏟은 커피를 혈흔처럼 지우다,/사라지는 청소 노동자 앞에서,/용의주도하게 지워지는 유리벽 앞에서/튀어나온 혹을 깨진 알처럼 문지르며

—「유리벽을 향해 날아가다」 부분

「소혹성」의 "나는 돌아가네 나에게/딱 들어맞는 그곳으로"가 명징하게 집약하듯, 인용 시편들은 한결같이 자기중심적 인식과 행위에서 벗어난 본래면목의 자리가 말없이 일어나게 한다. 이 구절 앞자리에 놓인 "나"가 불가에서 말하는 아상(我相)에 가깝다면, 뒷자리의 "나"는 나날의 생활이 얽매는 온갖 탐욕과 망념과 마음의 얼룩들을 벗겨낸 자성청

정심(自性淸淨心)의 "나"이기 때문이다. 곧 뒤에서 나타나는 "나"는 앞의 "나"라는 아상에 이미 깃들어온 본래면목으로서의 "나"이자, 진정자기(眞正自己)에 해당한다. 여기서 우리가 집중해야 할 자리는 시인의 실제 종교와 신앙생활에 대한 전기적 사실 확인에 있지 않을 터이다. 도리어 세상과 마주하는 그 모든 만남의 자리마다 시인 손택수가 온몸을 다하려는 충실성의 주체이자 그 진실의 주인이고자 한다는 내적 성찰의 맥락에 있을 것이다. 그것은 매 순간이 진실의 광휘로 빛나는 자리인 동시에 세계의 만상(萬象)을 자기에게 되돌려보려는 회광반조(廻光返照)를 나날의 삶에서 실천하려는 보이지 않는 트임의 자리일 수밖에 없으리라.

「바닷가에 두고 온 아이」「유리벽을 향해 날아가다」 같은 시편들에서 배어나는 '우아'와 '유머'의 미감 역시 이와 같은 맥락을 이룬다. 이들의 미학적 안감에는 세상을 뒤덮고 있는 불신과 탐욕과 겉치레에도 불구하고, 그 뒷면에서 소리 없이 이어져 온 숨은 조화를 자각하고 되찾아오려는 시인의 살뜰한 마음결이 스며 있기 때문이다. 어쩌면 시인은 "누구나 한번은 고아일 때가 있지"라는 작은 무늬에 집약된 것처럼, 무수한 타인들을 비롯한 주변의 모든 상황을 자기 일처럼 느끼고 매만지려는 '공-실존'의 자리에 거주하고자 하는 것인지도 모른다.

그리하여 시인은 그럴싸한 낯빛과 눈속임의 가면과 냉정한 악다구니로 살아갈 수밖에 없는 우리 시대의 메마른 사람들 곁에서도 정신적 여유와 허허로운 유머를 잃지 않는다. 이 여유와 유머는 잔잔한 헛웃음과 웅숭깊은 환희의 동심원을 그리며 보이지 않는 행간에서 서서히 떠오른다. 이 은은한 풍경의 미학은 「유리벽을 향해 날아가다」의 "아이쿠, 마빡에 번쩍 불똥이 터진 나는/정신없는 새대가리로서, 어디서 나타났는지,/모니터라도 닦듯, 쏟은 커피를 혈흔처럼 지우다"라는 구절에서 가장 명징한 모양새를 얻는다. 방심 상태의 실소를 머금게 하면서 희극적 아이러니의 이면에 숨겨진 조화의 빛살을 담기 때문이다. 그것은 경쟁과 속도에 한없이 내몰리는 우리 시대 생의 구조적 조건이나 일상적 메커니즘 속에서도 그 존재의 밑바닥을 가로지르는 생명의 일렁임처럼 우리 곁에 늘 존속해온 숨은 조화, 곧 유토피아로 열린 우리 모두의 오랜 꿈과 소망을 반어적 문법으로 드리운다고 하겠다.

바로 이 숨은 조화의 자리에서 은은하면서도 수수한 아름다움으로 빛나는 '백비'의 미학이 새롭게 태어난다. 백비의 정수는 '꾸밈없는 꾸밈' '소박한 꾸밈'이 만드는 내용과 형식의 조화이자, 그것을 이루기 위한 회복력의 이행 과정으로 풀이할 수 있을 것이다. 그것은 형식적 세련미의 과도한 발전 상태, 방만한 꾸밈이나 겉치레에 불과한 표면 장식을 근본적으로 다시 성찰하는 자리에서 발원하는 것이자, 진솔한 삶의 실질과 질박한 표현 문양의 조화를 자기 바탕으로 삼으려는 것이기 때문이다.

이러한 미학이 이 시집에서 고스란히 드러나는 자리는 응당 단형시의 모양새를 띠고 있는 작품들의 마디마디이자 그 전체의 짜임새이다. 이 작품들은 넓고 깊은 행간을 이루는 침묵의 말을 통해, 꾸밈없는 꾸밈, 소박한 꾸밈의 미감과 예술적 짜임을 단아한 소박미로 구현하기 때문이다. 그러나 그 형식이나 분량과는 관계없이, 우리 생의 어쩔 수 없는 분열과 갈등 속에서도 어슴푸레한 빛살처럼 드리워지는 화합의 신비, 곧 숨은 조화를 찾아오려는 시편들 역시 백비의 테두리에서 해명될 수 있다. 가령 결혼 생활을 "사과에게도 무서운 독은 있다/씨앗을 삼키면 복통이 온다/그 곁에선 감자도/시퍼렇게 치밀고 올라오는/뿔을 견딘다"(「결혼기념일」)라는 그로테스크 이미지로 소묘한 서늘한 장면이나, "째깍거리는 수염을 출근 시간으로 돌려놓는/나는 잠의 빈민, 누구에게 털린 줄도 모르고/탈탈 털린 잠의 알거지, 거지 중의 상거지"(「잠의 빈민」)라는 풍자적 이미지가 그러하다.

「결혼기념일」의 핵심 단자로 들어박힌 "독"이란 둘이 하나 되는 독점의 사랑이 아니라, 오히려 사랑은 둘일 수밖에 없음을 인정하고 그 차이를 존중하면서 끊임없이 나타나는 장애물들을 이겨나가려는 사랑의 충실성을 반어의 문법으로 드러낸 아이러니 형상일 것이 자명하다. 마찬가지로 「잠의 빈민」에서 "잠"이란 결국 개인과 사회, 자아와 세계의 궁극적 조화 상태를 꿈꾸고 염원하는 간절한 소망의 이미지가 틀림없으리라. 결국 손택수의 이번 시집 『눈물이 움직인다』에서 나타나는 백비의 미학이란 현실의 생활세계와 가치의 이상세계 사이에서 생겨날 수밖에 없을 무수한 어긋남 속에서도, 나날의 삶에 소리 없이 깃드는 수수한 화합의 가능성을 보고 찾으려는 우아의 미감으로 정의할 수 있다. 나아가 저 우아미의 숨은 조화가 도래하는 상황이 다시 불러일으키는 유머와 웃음, 비애와 눈물 등과 같은 다양한 미학적 뉘앙스를 포괄하는 것이라고 좀더 세밀하게 풀이할 수도 있을 것이다. 손택수 시의 중핵을 차지하는 '우아'란 이미 존재하고 있는 '조화'이기도 하지만, 그 대부분이 기어이 찾아야만 하지만 쉽사리 찾아지지 않는 어떤 '불가능'에 가깝기에.

## 4. 불가능: 본래면목과 공(空)의 보편주의

> 섬에서는 시가 되질 않는다
> 바다가 이미 시가 되어 있기 때문이다
> 여기에 무엇을 더한다는 것이
> 부질없는 짓, 그렇긴 하다만
> 섬을 어떻게 번역해볼까를 놓고
> 나는 끙끙거리는 중이다
> (…)
> 아름다움이 고통이라는 걸 알면서도 섬에서는

떨어지지 않는 입술로 바다 앞에 선다
바다의 입술을 술처럼 마신다
적어도 여기선 케케묵은 내가
중심을 잃고 파도 따라 출렁이기라도 하지
모래성을 쌓고 환하게 무너져 내리기라도 하지
섬에 가는 건 잃어버린 불가능 앞에
불가능의 벼랑 앞에 나를 세워두는 일

—「입파도에서」 부분

「입파도에서」는 "불가능의 벼랑 앞에 나를 세워두는 일"
이라는 형상을 통해, 우리가 지금까지 말해온 『눈물이 움직
인다』의 핵심 요소들이 "불가능"에 관한 시인의 오랜 사유
에서 비롯한다는 숨겨진 사실을 묵시적 화법으로 드러낸다.
그에게 "불가능"이란 "여기에 무엇을 더한다는 것이/부질
없는 짓"임을 절절히 깨닫는 일이며, "케케묵은 내가/중심
을 잃고 파도 따라 출렁이기라도 하"는 것인 동시에 "모래
성을 쌓고 환하게 무너져 내리기" 같은 형상들로 표현된 자
아의 무중력 상태를 자각하는 일이기도 하다. 이들에서 직
감할 수 있듯, 시인은 "입파도"에서 "나"라는 시적 자아 또
는 예술가 주체를 무아 상태로 빠뜨린 압도적 풍경과 마주
했던 것으로 보인다.
　그러나 시인의 "불가능"이란 저 풍경 체험에서 갑작스레
일어나는 인식론적 충격이나 단절의 효과를 수반하지 않는

다. 이 충격과 단절의 자리에서 생성되는 단발적 감정을 표상하는 낱말은 더더욱 아닐 것이다. 앞서 살핀 흔적, 범속한 트임, 숨은 조화 등과 같은 손택수 시의 주요 모티프에 견주어보면 "불가능"이라는 메타포가 이번 시집에서 나타나는 건 지극히 당연한 일인지도 모른다. 그것은 결국 우리가 가진 명료한 지식과 백과사전의 체계에 구멍을 뚫어버리면서 도래하는 '공백으로서의 진리'와 닮은꼴을 이루기 때문이다. 이 맥락은 시인의 "불가능"이 불가에서 말하는 아상의 집착과 망념을 벗어난 자리. 무아의 그 빈자리로 들이쳐오는 우리 모두의 본래면목과 '공'의 진실을 현시하는 신성한 문자라는 사실을 암시하는 것이기도 하다.

따라서 이 시집의 모서리 곳곳에서 산발적인 빛을 뿜는 "불가능"의 시편들에 대해서도 각별한 관심을 기울일 필요가 있다. 가령 "사지를 움직일 수 없으니/눈물이 움직인다"(「밥풀로 붙인 편지」), "머물러 있을 때조차 이미 반쯤은 이별의 자세/늘 떠나고 있지만 또한 그 자리 그대로입니다"(「모래별」), "죽은 아비 옆에서/보름을 살았다는 아이를/여기서 보네//혼자 남는 것이 죽음보다 더 두려웠으리라"(「무덤가에 눈사람을 세워놓고」), "등산길에 섬찟 놀라 피하던 북한산 들개들이 스친다 한때는 반려였다가 의지와 관계없이 야수가 되어버린 그들처럼 반려된 원고들이 나에게라고 없었을까 오싹하게 살아 움직이는 것들, 뭔가를 참을 수 없다는 듯, 틀어막은 입으로라도 기어코 쏟아내야 할 말이 있다는 듯"(「종이 유령」) 같은 시편들 말이다.

이 시편들은 병과 이별과 죽음과 글쓰기라는 '한계 체험' 앞에서 비로소 명징하게 드러나는 우리 모두의 본래면목을 한결같이 일깨운다. 그리고 그것에 오랫동안 머물러 있도록 강제한다. 우리가 매일같이 겪는 희로애락의 드라마, 곧 우리가 사랑하고 염원하고 소망하는 자리에서 생겨나는 그 모든 생명 현상과 우여곡절들이 결국은 '없음으로 있음'의 자리인 공으로 되돌아갈 수밖에 없으리라는 실존론적 깨달음을 선사하기 때문이다. 어쩌면 시인은 이 깨달음을 빼놓고서는 삶도 시도 문학도 존재론적 미궁 상태를 벗어날 수 없을뿐더러, 그야말로 최고 순도의 예술적 성취에 도달할 수도 없노라는 이야기를 들려주고 싶은 것인지도 모른다. 「마라톤 타자기」의 "텅 빈 백지의 아름다움"이 암시하듯.

찾는 이 없어 외롭지 않으냐 여쭈면
외로움이 시인의 직업이라고 하시죠
역시 치매에 걸려도 시인은 시인이세요

전해야 할 무엇이 남아 있다는 듯
그 무엇도 남아 있지 않을 때
텅 빈 백지의 아름다움이 여전히 남아 있다는 듯

천장만 보고 있는 6인실 한 귀퉁이

오래전 잊힌 마라톤 타자기

—「마라톤 타자기」부분

李燦 | 문학평론가

노래에 자신이 없으면 우는 아기라도 안아보자. 아기를 달래거나 재우기 위해 어릴 적 동요 몇 소절이라도 저절로 흥얼거리게 될 테니까.

아기가 울면 하던 일 멈추고 달려와 노래를 불러주던 사람들을 기억할 수 있을지도 모르지.

내 안에 잠들어 있던 아기가 그리 깨어날지도 모르지.

인형을 재우며 어른들을 기다리다 잠이 든 아이야, 이제는 내가 나를 안고 노래를 부른다.

다 큰 내가 아기가 되어 듣는 노래, 나 같은 음치도 가객으로 만들어주는 노래.

세상에 아무도 없으면 자장가라도 불러보자. 먼 어미도 오고 이웃집 누나도 오고 무서운 동냥치도 오고 지금은 없는 사람들도 노래를 따라오는구나. 그들을 재우는 노래를 내가 따라 부르는구나.

자장가 속에 있으면 동가식 서가숙 뒹구는 돌멩이의 설움도 마냥 서럽지만은 않아서, 아야 때리고 차고 함부로 깨부수던 소리들까지 다 나의 노래가 되었는가 한다.

2025년 봄 노작홍사용문학관에서

손택수

창비시선 519

## 눈물이 움직인다

초판 1쇄 발행 / 2025년 5월 28일
초판 2쇄 발행 / 2025년 7월 2일

지은이 / 손택수
펴낸이 / 염종선
책임편집 / 오윤 박문수
조판 / 황숙화
펴낸곳 / (주)창비
등록 / 1986년 8월 5일 제85호
주소 / 10881 경기도 파주시 회동길 184
전화 / 031-955-3333
팩시밀리 / 영업 031-955-3399  편집 031-955-3400
홈페이지 / www.changbi.com
전자우편 / lit@changbi.com

ⓒ 손택수 2025
ISBN 978-89-364-2519-7  03810